월간 내로라

단숨에 읽을 수 있는 고전 단편을 찾아내고 번역하여 냅니다. 영혼을 울리는 이야기를 좋아합니다.

오늘의 생각을 그저 흘려보내고 있을 때, 가만히 멈춰 설 여유를 낼 수 있기를 바랍니다. 다른 세상의 이야기를 통해 나 자신의 욕구를 조금 더 인정하게 되고, 새로 알게 된 나를 조금 더 자유롭게 하기를 바랍니다.

유연한 사고를 가진 사람이 되고 싶습니다. 그런 우리가 모여 의견을 나눌 때, 문화가 생겨나고 더 나은 세상이 열린다고 믿습니다. 더 깊게 다채로워지기를, 더 넓게 자유로워지기를, 간절히 소망합니다.

내로라 드림.

월간 내로라 N'202104

한 달에 한 편. 영문 고전을 번역하여 담은 단편 소설 시리즈입니다.
짧지만 강렬한 이야기로 독서와 생각, 토론이 풍성해지기를 바랍니다.

누런 벽지

지은이 샬롯 퍼킨스 길먼

옮긴이 차영지   **우리말감수** 이연수
그린이 정지은   **번역문감수** 박서교
보탬이 박병진, 황영엽, 김리밍, 팅팅, 강연지

초판 1쇄 2021년 4월 10일

펴 낸 곳 **내로라**

출판등록 2019년 03월 06일 [제2019-000026호]
주   소 서울시 은평구 응암동 599-15 #504
이 메 일 naerora.com@gmail.com
홈페이지 naerora.com
인 스 타 @naerorabooks

ISBN: 979-11-973324-2-5

월간내로라
함께 읽기

읽는이:

"There is no female mind.

The brain is not an organ of sex.

As well speak of a female liver."

–Charlotte Perkins Gilman

"여성적 사고란 존재하지 않는다.
뇌는 성별이 있는 기관이 아니니까.
간이 여성적이라 표현하겠는가!"

– 샬롯 퍼킨스 길먼

Table of Contents

차례

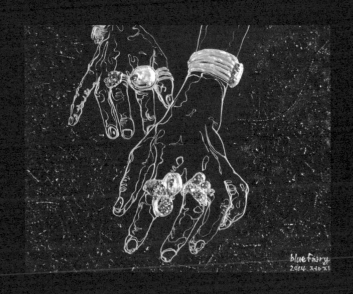

Bluefairy 정지은 <재가 묻다 I> 2014 mixed media on glass 36x27cm

Why I Wrote the Yellow Wallpapaer

by Charlotte Perkins Gilman

Many and many a reader has asked that. When the story first came out, in the New England Magazine about 1891, a Boston physician made protest in The Transcript. Such a story ought not to be written, he said; it was enough to drive anyone mad to read it.

Another physician, in Kansas I think, wrote to say that it was the best description of incipient insanity he had ever seen, and—begging my pardon—had I been there?

Now the story of the story is this:

For many years I suffered from a severe and continuous nervous breakdown tending to melancholia—and beyond. During about the third year of this trouble

누런 벽지를 쓴 이유

샬롯 퍼킨스 길먼

수년간 많은 독자들이 이유를 궁금해하시더군요. 『누런벽지』는 1891년도 「New England Magazine」에서 처음으로 공개되었습니다. 같은 해, 보스턴 주의 의사 한 분이 「The Transcript」 학술지에 항의하는 글을 실으셨습니다. 누구라도 이걸을 읽는다면 미쳐 버릴 것이 분명하며, 그렇기에 이런 소설은 절대로 출간되어서는 안 될 것이라고 하셨죠.

캔자스였던 것으로 기억합니다만, 그곳의 다른 의사 한 분은 조심스럽게 연락을 주셨습니다. 소설이 정신 이상의 발단 과정을 너무나 사실적으로 포착하고 있는데, 혹시 저의 경험담을 적은 것인지 여쭈시면서 말이죠.

그래서 오늘은 이 이야기의 탄생에 대하여 이야기를 해 보려고 합니다.

수년간 저는 우울증과 그 이상에 이르는 심각한 신경 쇠

I went, in devout faith and some faint stir of hope, to a noted specialist in nervous diseases, the best known in the country. This wise man put me to bed and applied the rest cure, to which a still good physique responded so promptly that he concluded there was nothing much matter with me, and sent me home with solemn advice to "live as domestic a life as far as possible," to "have but two hours' intellectual life a day," and "never to touch pen, brush or pencil again as long as I lived." This was in 1887.

I went home and obeyed those directions for some three months, and came so near the border line of utter mental ruin that I could see over.

약을 앓았습니다. 3년 정도 증상이 지속되던 즈음, 저는 굳은 신앙심과 희미한 희망을 붙잡고 미국에서 가장 유명한 신경 질환 전문가를 찾았습니다. 지혜로우신 그분은 저를 침대에 눕힌 뒤 안정 요법을 진행하셨습니다. 신체는 건강한 상태였기에 시술에 대한 반응은 곧장 나타났습니다. 이에 그분은 제게 아무런 이상이 없다는 결론을 내리시고, 집으로 돌아가 "최대한 가정적인 삶"을 살라고 조언하셨고 "두뇌 활동을 하루 최대 두 시간으로 제한"해야 할 것이며 "살아 있는 한 절대로 펜이나 붓이나 연필 따위는 잡지도 말 것"을 처방하셨습니다. 그것이 1887년도의 일입니다.

집으로 돌아온 저는 세 달간 그 말을 충실히 따랐습니다. 그리고 저 사신이 정신적으로 파멸하고 있다는 것을 생생하게 느낄 수 있었습니다.

Then, using the remnants of intelligence that remained, and helped by a wise friend, I cast the noted specialist's advice to the winds and sent to work again—work, the normal life of every human being; work, in which is joy and growth and service, without which one is pauper and a parasite; ultimately recovering some measure of power.

Being naturally moved to rejoicing by this narrow escape, I wrote The Yellow Wallpaper, with its embellishments and additions to carry out the ideal (I never had hallucinations or objections to my mural decorations) and sent a copy to the physician who so nearly drove me mad. He never acknowledged it.

현명한 친구의 도움과 제 안에 얼마 남지 않은 지성의 잔재를 사용하여, 전문가의 조언을 바람에 실려 보낸 후 일을 다시 시작했습니다. 일, 그것은 기쁨이고 성장이며 봉사였습니다. 일, 그것의 결핍은 가난과 기생하는 삶으로 이어졌습니다. 결국, 저는 일을 통해서 힘을 어느 정도 회복하게 되었습니다.

파멸의 문턱에서 극적으로 탈출한 것을 기뻐하며 『누런 벽지』를 썼습니다. 주장을 생생히 그려 내기 위해 장식을 달고 첨가제를 섞었습니다. (저는 벽지를 보고 환각이나 심각한 거부 반응을 일으킨 적이 단 한 번도 없습니다만) 저를 광증으로 밀어 넣을 뻔한 그 의사분께 완성된 이야기를 보냈습니다. 당시 그분은 아무것도 인정하지 않으셨습니다.

이제 정신과 전문의들은 이 소설을 문학의 힘을 보여준 좋

The little book is valued by alienists and as a good specimen of one kind of literature. It has to my knowledge saved one woman from a similar fate-so terrifying her family that they let her out into normal activity and she recovered.

But the best result is this. Many years later I was told that the great specialist had admitted to friends of his that he had altered his treatment of neurasthenia since reading The Yellow Wallpaper.

It was not intended to drive people crazy, but to save people from being driven crazy, and it worked.

From 「The Forerunner」

은 예시로 평가하고 있습니다. 제가 알기로도 이 책은 최소 한 명의 여성을 비슷한 운명에서 구해 냈습니다. 이 책을 통해 여성은 일상적인 활동을 하도록 가족들의 동의를 얻어냈고, 그 후 훌륭히 회복되었습니다.

그동안 무엇보다 값진 결과물이 또 있었습니다. 수년 전 지혜로우신 그 전문가분께서 친구에게 고백하셨다는 이야기를 들은 겁니다. 그분은 『누런 벽지』를 읽은 후 다른 방식으로 신경 쇠약을 치료하기 시작했다고 합니다.

그렇습니다. 저는 사람들을 광증으로 밀어 넣기 위해 이 책을 쓴 것이 아닙니다. 광증으로 떠밀려 가는 사람들을 구해 내기 위해서 썼습니다. 이 책은 그들을 위해 일하고 있습니다.

「The Forerunner」에서 발췌

평소에 일기를 쓰나요?

Do you keep journals?

스스로에게 솔직한 편인가요?

Are you honest with yourself?

The

Yellow

Wallpapaer

누

런

벽

지

Diary #1

It is very seldom that mere ordinary people like John and myself secure ancestral halls for the summer.

A colonial mansion, a hereditary estate, I would say a haunted house, and reach the height of romantic felicity—but that would be asking too much of fate!

Still I will proudly declare that there is something queer about it.

Else, why should it be let so cheaply? And why have stood so long untenanted?

John laughs at me, of course, but one expects that in marriage.

John is practical in the extreme. He has no patience with faith, an intense horror of superstition, and he scoffs openly at any talk of things not to be felt and

첫 번째 일기

존과 나처럼 평범한 사람들에게는 여름 한철 지내자고 이렇게 유서 깊은 대저택을 얻는 것은 드문 일이야.

독립 이전에 건축되어 대대손손 세습되었다는데, 내가 볼 땐 귀신 들린 집 같아. 어떤 낭만적인 이야기의 배경이 되는 그런 집 말이야. 아니, 너무 낙관적인 생각인 걸까?

단언하건대 그게 아니더라도 이 집에는 기묘한 무언가가 있어.

그게 아니라면 이렇게 쌀 이유가 없잖아? 이렇게 오랫동안 집이 비어 있을 리도 없고.

존은 또 나를 비웃어. 하지만 뭐, 결혼이란 응당 그런 것이겠지.

존은 극도로 현실적인 사람이야. 신앙심이라고는 전혀 없고 미신을 두려워하지도 않아. 오히려, 만질 수 없고 볼 수 없으며 형체가 없는 것들에 대한 이야기가 나오면 노골

seen and put down in figures.

John is a physician, and perhaps—(I would not say it to a living soul, of course, but this is dead paper and a great relief to my mind)—perhaps that is one reason I do not get well faster.

You see, he does not believe I am sick! And what can one do?

If a physician of high standing, and one's own husband, assures friends and relatives that there is really nothing the matter with one but temporary nervous depression—a slight hysterical tendency—what is one to do?

My brother is also a physician, and also of high standing, and he says the same thing.

So I take phosphates or phosphites—whichever it is, and tonics, and journeys, and air, and exercise, and am absolutely forbidden to "work" until I am well again.

Personally, I disagree with their ideas.

적으로 비웃어 버려.

존은 의사야. 어쩌면…… 다른 사람에겐 꺼내지도 못할 말이지만, 이건 종이일 뿐이고 내 마음의 위안이 되니까 조심스럽게 말하는데…… 어쩌면 바로 그게 내가 얼른 낫지 못하는 이유인 것 같아.

내가 병들었다는 것을 그는 부정해! 그런데 내가 무얼 할 수 있겠어?

권위 있는 의사인 남편이 친구들과 가족들에게 확신하기를, 아내는 그저 일시적인 신경 쇠약일 뿐이며 경미한 히스테리성 증상을 보일 뿐이라는데. 그런데, 무얼 어떻게 하겠어?

역시 유명한 의사인 우리 오빠마저도 남편과 똑같은 이야기를 해.

그러니 나는 그저 얌전히 인삼염인가 안산염인가 하는 것을 복용할 뿐이야. 그들은 몸보신, 여행, 신선한 공기, 운동, 뭐 이런 것들을 함께 처방했고, 완전히 건강해질 때까지 모든 '일'을 절대 금지했어.

내 생각에, 그 처방은 틀렸어.

Personally, I believe that congenial work, with excitement and change, would do me good.

But what is one to do?

I did write for a while in spite of them; but it does exhaust me a good deal—having to be so sly about it, or else meet with heavy opposition.

I sometimes fancy that in my condition if I had less opposition and more society and stimulus—but John says the very worst thing I can do is to think about my condition, and I confess it always makes me feel bad.

So I will let it alone and talk about the house.

The most beautiful place! It is quite alone, standing well back from the road, quite three miles from the village. It makes me think of English places that you read about, for there are hedges and walls and gates that lock, and lots of separate little houses for the gardeners and people.

There is a delicious garden! I never saw such a

내 생각에, 약간의 흥분감과 변화를 불러일으키는 적당한 정도의 일은 오히려 내게 좋을 것 같아.

그렇지만 내가 어떻게 하겠어?

한동안 몰래 글을 써 보기는 했어. 하지만 들키지 않도록 교묘해야 하고, 행여나 들키면 그들이 나를 가만히 놔두지 않잖아. 그러다 보니 정말로 쉽게 지치는 거야.

조금 더 사람들과 어울리면서 크고 작은 자극을 느끼는 인생이었다면 내 상태가 어땠을지, 나는 종종 상상해 봐. 하지만 존이 그러더라. 그런 상상이야말로 최악의 행위라고. 그건 사실이야. 상상 끝에는 언제나 기분이 나빠져.

그러니까 생각은 그만두고 집에 대한 이야기를 해 볼게.

정말 무척이나 아름다워! 혼자 우뚝 서 있는 집이야. 도로에서도 멀리 떨어져 있고, 가까운 마을은 3마일이나 가야 하거든. 울타리와 담벼락, 잠금장치가 달린 커다란 대문, 그리고 정원사 같은 사람들을 위한 여러 동의 작은 별채까지. 마치 소설에서 읽었던 영국의 저택처럼 느껴지는 거 있지.

정원은 또 얼마나 달콤한지! 이런 정원은 태어나서 처음

garden—large and shady, full of box-bordered paths, and lined with long grape-covered arbors with seats under them. There were greenhouses, too, but they are all broken now.

There was some legal trouble, I believe, something about the heirs and co-heirs; anyhow, the place has been empty for years.

That spoils my ghostliness, I am afraid; but I don't care—there is something strange about the house—I can feel it.

I even said so to John one moonlight evening, but he said what I felt was a draught, and shut the window.

I get unreasonably angry with John sometimes. I'm sure I never used to be so sensitive. I think it is due to this nervous condition.

But John says if I feel so I shall neglect proper self-control; so I take pains to control myself,—before him, at least,—and that makes me very tired.

봐. 커다랗고 그늘진 정원에는 네모반듯한 길이 트여 있고 옆으로는 의자와 포도 넝쿨 정자가 길게 늘어서 있어. 유리 온실도 여럿 있었지만 지금은 모두 깨져 있지.

듣기로는 상속자와 공동 상속자 간의 법적 문제가 생겼고, 뭐 그런 이유로 이 집은 수년 동안이나 비어 있었다고 하는데…….

이런 건 내 상상 속 괴담을 망치는 이야기지. 하지만 나는 신경 쓰지 않아. 이 집에 무언가 이상한 것이 있음을, 나는 분명히 느낄 수 있으니까.

존에게도 말한 적이 있어. 달빛이 우리를 비추던 밤에. 무언가 이상한 게 느껴진다고 했더니, 그저 바람 탓이라며 창문을 닫아 버리더라.

가끔은 아무 이유 없이 존에게 화가 치솟아. 예전에는 이렇게 예민하지 않았던 것 같은데, 아무래도 불안한 나의 상태 때문인가 봐.

존은 그게 자제력을 상실하는 것이라고 했어. 그래서 나는 적어도 그가 있을 때라도 스스로를 제어하려고 노력하는데, 그게 너무 피곤한 거야.

I don't like our room a bit. I wanted one downstairs that opened on the piazza and had roses all over the window, and such pretty old-fashioned chintz hangings! but John would not hear of it.

He said there was only one window and not room for two beds, and no near room for him if he took another.

He is very careful and loving, and hardly lets me stir without special direction.

I have a schedule prescription for each hour in the day; he takes all care from me, and so I feel basely ungrateful not to value it more.

He said we came here solely on my account, that I was to have perfect rest and all the air I could get. "Your exercise depends on your strength, my dear," said he, "and your food somewhat on your appetite; but air you can absorb all the time." So we took the nursery, at the top of the house.

It is a big, airy room, the whole floor nearly, with

우리가 사용하는 방도 나는 너무 마음에 안 들어. 내가 원했던 아래층 방은 광장을 향해 창이 열리고 창밖에는 장미가 가득 피어 있어. 고풍스러운 커튼도 달려 있는데! 존은 내 말을 들은 척도 하지 않아.

창문이 겨우 하나고, 침대 두 개 놓을 자리조차 없으며, 각방이 필요할 때 그가 옮겨 갈 방도 근처에 없다는 거야.

존은 신중하고 다정한 사람이야. 특별한 일이 아니라면 내가 나서지 않도록 나를 보호해 줘.

하루 종일, 매 시간 내가 할 일을 처방해 주지. 이토록 세심하게 돌봐 주는데 은혜를 아는 사람이라면 응당 감사한 마음을 가져야 할 거야.

이곳에 온 것은 온전히 나를 위해서라고 했어. 그러니 신선한 공기를 충분히 마시고 완벽하게 휴식해야 한다고 해. 그가 말했어. "운동은 당신 기운이 나는 만큼 하는 거고, 먹는 것도 당신 식욕이 따라 줘야 하지만, 신선한 공기는 언제든지 얼마든지 마실 수 있잖아." 그래서 우리는 집 꼭대기 층에 있는 육아실을 사용하기로 한 거야.

방은 한 층 전체를 차지할 정도로 커. 사방에 창문이 있

windows that look all ways, and air and sunshine galore. It was nursery first and then playground and gymnasium, I should judge; for the windows are barred for little children, and there are rings and things in the walls.

The paint and paper look as if a boys' school had used it. It is stripped off—the paper—in great patches all around the head of my bed, about as far as I can reach, and in a great place on the other side of the room low down. I never saw a worse paper in my life.

One of those sprawling flamboyant patterns committing every artistic sin.

It is dull enough to confuse the eye in following, pronounced enough to constantly irritate, and provoke study, and when you follow the lame, uncertain curves for a little distance they suddenly commit suicide—plunge off at outrageous angles, destroy themselves in unheard-of contradictions.

어서 통풍이 잘 되고 언제나 따스한 햇볕과 신선한 공기로 가득하지. 아마도 처음에는 갓난아이를 돌보는 육아실이었다가 놀이방으로, 그 후에는 실내 체육관으로 바뀐 것 같아. 왜냐면 창문은 아이들을 위해서인지 쇠창살로 막혀 있고 벽에는 쇠사슬 고리 같은 것들도 달려 있거든.

페인트랑 벽지만 보면 여긴 남자 아이들만 버글버글한 학교였던 것 같아. 다 벗겨졌어. 벽지 말이야. 침대 머리맡에서부터 손이 닿는 아래 부분의 벽지까지 뜯어져 있고, 맞은편 아래쪽에도 크게 뜯어져 있어. 이렇게 흉한 벽지는 정말 처음 봐.

제멋대로 뻗어 나가는 현란한 무늬는 모든 예술적인 죄악을 범하고 있어.

상당히 흐릿해서 육안으로 따라가다 보면 어지러워지는데, 또 계속 신경에 거슬릴 만큼은 선명해서 탐구심을 자극하기도 해. 가만히 앉아서 그 흐릿한 선을 따라가다 보면, 곡선이 마치 갑자기 충동적으로 투신하는 것 같아. 충격적인 각도로 고꾸라지면서 이제껏 들어 본 적 없는 모순을 그리며 자멸하고 마는 거야.

The color is repellant, almost revolting; a smouldering, unclean yellow, strangely faded by the slow-turning sunlight.

It is a dull yet lurid orange in some places, a sickly sulphur tint in others.

No wonder the children hated it! I should hate it myself if I had to live in this room long.

There comes John, and I must put this away,—he hates to have me write a word.

그 색깔은 혐오스럽고 역겹기까지 해. 아주 오랫동안 햇볕을 받아 변색된 것 같은, 들끓는 불결한 누런색이야.

전반적으로는 칙칙한 색인데, 군데군데 폭력적일 만큼 선명한 오렌지색이 섞여 있고, 나머지 부분은 매케한 유황을 떠오르게 해.

애들이 싫어하기도 했겠어! 이 방을 오래 사용해야 했다면 나라도 끔찍하게 여겼을 거야.

존이 오는 것 같아. 이만 접을게. 한 글자 끄적이는 것도 싫어하는 사람이니까.

Diary #2

We have been here two weeks, and I haven't felt like writing before, since that first day.

I am sitting by the window now, up in this atrocious nursery, and there is nothing to hinder my writing as much as I please, save lack of strength.

John is away all day, and even some nights when his cases are serious.

I am glad my case is not serious!

But these nervous troubles are dreadfully depressing.

John does not know how much I really suffer. He knows there is no reason to suffer, and that satisfies him.

Of course it is only nervousness. It does weigh on me so not to do my duty in any way!

두 번째 일기

이곳에 온 지 벌써 2주가 지났어. 첫날 일기를 쓴 이후로 글을 쓰고 싶은 마음이 영 안 생기더라.

지금 나는 집의 꼭대기 층 끔찍한 육아실 창가에 앉아 있어. 글쓰기를 방해하는 게 아무것도 없어서 기운이 닿는 만큼 쓸 수 있거든.

존은 하루 종일 집에 없어. 돌보는 환자의 상태가 심각한 날에는 밤에도 집에 안 와.

내 상태는 심각한 게 아니라 얼마나 다행인지 몰라!

하지만 이 신경 쇠약이란 것은 끔찍하게 우울해.

내가 얼마나 힘든지 존은 절대 모를 거야. 내가 힘들어할 이유가 전혀 없다고 확신하고, 그 사실에 흡족해하는 사람이니까.

신경 쇠약이 그저 불안한 감정일 뿐이라는 거 나도 알아. 하지만 내가 의무를 다하지 못하도록 무겁게 짓누르는걸.

I meant to be such a help to John, such a real rest and comfort, and here I am a comparative burden already!

Nobody would believe what an effort it is to do what little I am able—to dress and entertain, and order things.

It is fortunate Mary is so good with the baby. Such a dear baby!

And yet I cannot be with him, it makes me so nervous.

I suppose John never was nervous in his life. He laughs at me so about this wallpaper!

At first he meant to repaper the room, but afterwards he said that I was letting it get the better of me, and that nothing was worse for a nervous patient than to give way to such fancies.

He said that after the wallpaper was changed it would be the heavy bedstead, and then the barred

나 역시 존이 편안히 의지할 수 있는 그런 아내가 되고 싶어. 그런데 도움은커녕 다른 이들에 비해서도 짐이 되고 있어.

옷을 입거나 취미 생활을 하고 집안일을 시키는 건 아주 사소한 일이야. 하지만 그 사소한 일들을 해내기 위해서 내가 얼마나 크게 노력해야 하는지 아무도 모를걸.

그저 메리가 아기를 잘 돌봐 주어 다행이라고 생각해. 사랑스러운 우리 아기!

하지만 아기와 함께할 수 없다는 사실이 나를 더 불안하게 만들어.

분명 존은 살면서 단 한 번도 불안감을 느껴 보지 못했을 거야. 벽지 이야기를 했을 때도 엄청 비웃었었지!

처음에는 도배를 새로 해 주겠다고 했어. 그런데 갑자기 말을 바꾸며 벽지 따위에 잡아먹히면 안 된다는 거야. 신경 쇠약 환자를 헛된 상상에 휘둘리게 두는 것만큼 위험한 일은 없다고 하면서 말이야.

새 벽지를 바르고 나면 거대한 침대 프레임이 거슬릴 거고, 그다음에는 창문의 쇠창살이, 그다음에는 계단 앞에

windows, and then that gate at the head of the stairs, and so on.

"You know the place is doing you good," he said, "and really, dear, I don't care to renovate the house just for a three months' rental."

"Then do let us go downstairs," I said, "there are such pretty rooms there."

Then he took me in his arms and called me a blessed little goose, and said he would go down cellar if I wished, and have it whitewashed into the bargain.

But he is right enough about the beds and windows and things.

It is as airy and comfortable a room as any one need wish, and, of course, I would not be so silly as to make him uncomfortable just for a whim.

I'm really getting quite fond of the big room, all but that horrid paper.

Out of one window I can see the garden, those

설치된 철문이 마음에 안 들 거래. 그러다 보면 끝이 없을 거라나.

"당신, 여기서 건강해지고 있는 거 알잖아. 그리고 여보. 겨우 세 달 살고 말 건데 보수 공사를 꼭 해야겠어?" 그가 물었어.

그래서 내가 답했지. "그럼 우리가 아래층으로 옮겨 가자. 예쁜 방이 많잖아."

그랬더니 나를 복덩이 아기 거위라고 부르면서 꼭 안아 주더라. 내가 원하면 아래층이 아니라 지하 창고로도 옮겨 갈 것이고, 심지어 하얗게 페인트칠까지 해 줄 수 있다고 말이야.

하지만 침대니 창문이니 하는 말은 맞는 것 같아.

통풍이 잘 되고 편안한 이 방은 누가 봐도 좋은 방이 확실해. 그러니까 나의 단순한 변덕으로 그를 불편하게 만드는 어리석은 짓은 절대 하지 않을 거야.

게다가 이 커다란 방이 점점 좋아지고 있어. 흉물스러운 저 벽지만 빼면.

한쪽 창문으로 보이는 정원에는 짙게 그늘진 비밀스러운

mysterious deep-shaded arbors, the riotous old-fashioned flowers, and bushes and gnarly trees.

Out of another I get a lovely view of the bay and a little private wharf belonging to the estate. There is a beautiful shaded lane that runs down there from the house. I always fancy I see people walking in these numerous paths and arbors, but John has cautioned me not to give way to fancy in the least. He says that with my imaginative power and habit of story-making a nervous weakness like mine is sure to lead to all manner of excited fancies, and that I ought to use my will and good sense to check the tendency. So I try.

I think sometimes that if I were only well enough to write a little it would relieve the press of ideas and rest me.

But I find I get pretty tired when I try.

It is so discouraging not to have any advice and companionship about my work. When I get really well

정자, 형형색색으로 흐드러진 고풍스런 꽃밭과 나무 덤불, 그리고 굽이치는 고목이 보여.

다른 쪽으로는 탁 트인 해변이 보이는데, 저택 부지에 딸린 개인 부둣가까지 이어지는 그늘진 오솔길이 참 아름다워. 나는 항상 오솔길과 정자 아래를 거니는 사람들을 보고 상상의 나래를 펼치곤 해. 하지만 존은 경고해. 상상 만큼이나 위험한 것이 없다고 말이야. 나처럼 나약하고 불안 증세를 보이는 사람들은 상상력을 발휘하여 이야기를 지어내는 습관을 들이는 순간 온갖 종류의 들뜬 상상에 빠져들기 쉽다고 했어. 그러니까 나는 의지력과 분별력을 사용하여 그런 상황을 최대한 방지해야만 한대. 그래서 나는 노력해.

글을 쓸 만큼이라도 건강했다면 어땠을까. 가끔은 그런 상상을 해. 억눌린 생각들을 표출하면서 조금은 편안해지지 않았을까?

하지만 노력을 할 때 나는 쉽게 피곤해져.

글을 쓰면서 함께할 사람도 서로 조언을 해 줄 사람도 없다는 사실에 맥이 빠져. 내 건강이 많이 좋아지면, 사촌

John says we will ask Cousin Henry and Julia down for a long visit; but he says he would as soon put fire-works in my pillow-case as to let me have those stimulating people about now.

I wish I could get well faster.

But I must not think about that. This paper looks to me as if it knew what a vicious influence it had!

There is a recurrent spot where the pattern lolls like a broken neck and two bulbous eyes stare at you upside-down.

I get positively angry with the impertinence of it and the everlastingness. Up and down and sideways they crawl, and those absurd, unblinking eyes are everywhere. There is one place where two breadths didn't match, and the eyes go all up and down the line, one a little higher than the other.

I never saw so much expression in an inanimate thing before, and we all know how much expression

헨리와 줄리아를 초대하자고 존이 말했어. 하지만 지금은 때가 아니래. 그렇게 자극적인 사람들을 내 곁에 둘 바에는 차라리 베개 속에 폭죽을 넣는 게 나을 거라고 하더라.

얼른 건강해지면 좋겠어.

하지만 그런 생각을 하면 안 돼. 벽지가 나를 쳐다봐. 마치 제가 내게 미치는 악영향을 모두 의도하기라도 한 것처럼!

벽지 무늬에는 반복되는 부분이 마치 눈동자 같아. 징그럽게 뒤집힌 둥글넓적한 눈이 모가지가 부러진 것처럼 축 늘어진 채로 나를 노려봐.

끊임없이 계속되는 그 무례한 눈빛에 나는 몹시 화가 나. 맹랑하게 부릅뜬 눈은 온 천지에 있어. 위로, 아래로, 사방으로, 배를 바닥에 바짝 붙이고 기어 다녀. 두 폭의 벽지가 만나 어긋나는 곳이 있는데, 그 선을 따라 위로 아래로 움직이는 거야. 한쪽 눈이 다른 한쪽 눈보다 약간 높이 있는 상태로 말이야.

무생물에서 이토록 풍부한 표정을 본 적이 없어. 그들이 얼마만큼의 표정을 가지고 있는지 우리는 알고 있잖아! 어

they have! I used to lie awake as a child and get more entertainment and terror out of blank walls and plain furniture than most children could find in a toy-store.

I remember what a kindly wink the knobs of our big old bureau used to have, and there was one chair that always seemed like a strong friend.

I used to feel that if any of the other things looked too fierce I could always hop into that chair and be safe.

The furniture in this room is no worse than inharmonious, however, for we had to bring it all from downstairs. I suppose when this was used as a playroom they had to take the nursery things out, and no wonder! I never saw such ravages as the children have made here.

The wallpaper, as I said before, is torn off in spots, and it sticketh closer than a brother—they must have had perseverance as well as hatred.

릴 적부터 나는 아무것도 없는 벽이나 평범한 가구를 가만히 누워서 지켜봤어. 다른 아이들이 장난감 가게나 가야 느낄 즐거움이나 공포 따위를 거기서 느끼곤 했지.

크고 낡은 책상에 달려있던 손잡이가 보내던 다정한 윙크를 기억해. 언제나 든든한 친구처럼 느껴졌던 의자 하나도 생각나.

다른 물건들이 너무 공격적으로 느껴질 때마다 나는 그 의자 위에 뛰어 올랐었지. 그러면 안전하다고 느껴지곤 했었어.

이 방의 가구들은 서로 전혀 어울리지 않아. 당연하겠지. 모두 아래층에서 가져온 물건들이니까. 아마도 육아실을 놀이방으로 바꾸면서 모든 물건을 치워야 했을 것 같아. 맞아! 여길 싹 비워야 했을 거야! 그 애들이 여기에 벌려 놓은 것처럼 처참한 광경은 정말 처음 본다니까?

저 벽지, 내가 말했던 것처럼 군데군데 뜯겨 있어. 하지만 다른 부분은 또 엄청 끈끈하게 딱 붙어 있네. 혐오감을 불러일으키지만 인내심도 대단한 모양이야. 형제들이 서로한테 느끼는 감정처럼 말이야.

Then the floor is scratched and gouged and splintered, the plaster itself is dug out here and there, and this great heavy bed, which is all we found in the room, looks as if it had been through the wars.

But I don't mind it a bit—only the paper.

There comes John's sister. Such a dear girl as she is, and so careful of me! I must not let her find me writing.

She is a perfect, and enthusiastic housekeeper, and hopes for no better profession. I verily believe she thinks it is the writing which made me sick!

But I can write when she is out, and see her a long way off from these windows.

There is one that commands the road, a lovely, shaded, winding road, and one that just looks off over the country. A lovely country, too, full of great elms and velvet meadows.

This wallpaper has a kind of sub-pattern in a different shade, a particularly irritating one, for you can only see

마루는 다 긁히고 파이고 부서졌어. 콘크리트 벽도 여기저기 파였고. 저 거대한 침대가 이 방에 있던 유일한 가구인데, 마치 전쟁이라도 겪은 것처럼 엉망진창이야.

하지만 뭐, 신경은 안 써. 저 벽지 빼고는.

존의 동생이 오는 것 같아. 아주 다정한 아이지. 나를 세심하게 보살펴 줘. 하지만 글 쓰는 모습을 절대 들키면 안 돼.

동생은 완벽한 사람이야. 살림을 얼마나 열정적으로 하는지 집안일 아닌 다른 일을 하는 것은 상상도 안 돼. 그리고… 글쓰기가 나를 병들게 한다고 믿고 있는 것 같아!

하지만 동생이 밖에 있을 때 쓰면 되니까 괜찮아. 창문으로 어디에 있는지 볼 수 있거든.

이쪽 창문으로는 구불구불 그늘진 아름다운 정원 길이 보여. 저쪽 창문으로는 시골 풍경이 내려다보이는데, 커다란 느릅나무와 벨벳 같은 초원이 펼쳐진 아주 아름다운 풍경이야.

벽지에는 겉으로 보이는 무늬 아래 그림자처럼 나타나는 밑무늬가 있어. 평소에는 잘 보이지도 않고 어떤 조명이

it in certain lights, and not clearly then.

But in the places where it isn't faded, and where the sun is just so, I can see a strange, provoking, formless sort of figure, that seems to sulk about behind that silly and conspicuous front design.

There's sister on the stairs!

딱 비추면 흐릿하게 나타나는데, 이게 진짜 사람의 신경을 긁어 대는 거야.

우스꽝스럽게 튀는 앞쪽 디자인 아래에 있어. 변색되지 않은 부분에 햇볕이 딱 어느 정도만 비출 때 나타나. 기괴하고 도발적인, 형용할 수 없는 무언가가 있어. 뿌루퉁하게 숨어서 돌아다니고 있는 거야.

동생이 계단까지 왔어!

Diary #3

Well, the Fourth of July is over! The people are gone and I am tired out. John thought it might do me good to see a little company, so we just had mother and Nellie and the children down for a week.

Of course I didn't do a thing. Jennie sees to everything now.

But it tired me all the same.

John says if I don't pick up faster he shall send me to Weir Mitchell in the fall.

But I don't want to go there at all. I had a friend who was in his hands once, and she says he is just like John and my brother, only more so!

Besides, it is such an undertaking to go so far.

I don't feel as if it was worth while to turn my hand

세 번째 일기

드디어 독립 기념일도 끝났어! 사람들도 다 갔고, 나는 녹초가 되어 버렸지. 이번에 엄마랑 넬리와 아이들이 일주일 정도 와서 함께 지냈어. 아는 사람 몇 명 정도는 만나도 좋을 것 같다고 존이 허락했거든.

물론 나는 아무것도 안 했어. 이제 제니가 모든 일을 도맡아 하니까.

그래도 피곤한 건 마찬가지더라고.

빨리 건강해지지 않으면 돌아오는 가을에 존이 나를 미첼 박사에게 보낼 거래.

거기는 정말 가고 싶지 않아. 내가 아는 언니도 거기서 치료를 받았었는데, 들어 보니 존이나 오빠랑 별로 다르지 않다고 하더라. 더 심할 수도 있다던걸!

게다가, 너무 멀어. 이동하는 것만 해도 일일 거야.

요즘 나는 아무것도 할 가치를 못 느껴. 그저 모든 것이

over for anything, and I'm getting dreadfully fretful and querulous.

I cry at nothing, and cry most of the time.

Of course I don't when John is here, or anybody else, but when I am alone.

And I am alone a good deal just now. John is kept in town very often by serious cases, and Jennie is good and lets me alone when I want her to.

So I walk a little in the garden or down that lovely lane, sit on the porch under the roses, and lie down up here a good deal.

I'm getting really fond of the room in spite of the wallpaper. Perhaps because of the wallpaper.

It dwells in my mind so!

I lie here on this great immovable bed—it is nailed down, I believe—and follow that pattern about by the hour. It is as good as gymnastics, I assure you. I start, we'll say, at the bottom, down in the corner over there

항상 끔찍하게 조마조마하고 불만스럽게 느껴져.

아무것도 아닌 일에 눈물이 나고, 거의 항상 울고 있어.

존이나 다른 사람이 있을 땐 당연히 안 울지. 그냥 혼자 있을 때만 그래.

요즘 혼자 있는 시간이 부쩍 늘어났어. 돌보는 환자들의 상태가 자주 나빠져서 존은 거의 마을에 붙잡혀 있고, 제니는 사람이 좋아서 내가 혼자 있고 싶다고 하면 내버려 두거든.

아름다운 오솔길을 따라 정원을 산책하거나 장미가 덩굴진 현관에 앉아 있을 때도 있지만, 주로 여기 꼭대기 층에 올라와 누워 있어.

이런 벽지가 있긴 하지만 나는 이 방이 점점 좋아지고 있어. 아니, 어쩌면 벽지 덕분일지도 몰라.

머릿속이 벽지 생각으로 가득해!

옮길 수도 없는 이 거대한 침대에 누워서(아마도 침대는 못으로 고정된 것 같아) 벽지의 무늬를 눈으로 좇다 보면 시간 가는 줄을 모르겠어. 운동을 하는 것만큼이나 좋을걸? 정말이야. 시작은, 음… 밑에서. 아직 손이 닿지 않은

where it has not been touched, and I determine for the thousandth time that I will follow that pointless pattern to some sort of a conclusion.

I know a little of the principle of design, and I know this thing was not arranged on any laws of radiation, or alternation, or repetition, or symmetry, or anything else that I ever heard of.

It is repeated, of course, by the breadths, but not otherwise.

Looked at in one way each breadth stands alone, the bloated curves and flourishes—a kind of "debased Romanesque" with delirium tremens—go waddling up and down in isolated columns of fatuity.

But, on the other hand, they connect diagonally, and the sprawling outlines run off in great slanting waves of optic horror, like a lot of wallowing seaweeds in full chase.

The whole thing goes horizontally, too, at least it

아래쪽에서. 그리고 한 몇천 번째로 결심을 하는 거야. 이번에야말로 저 의미 없는 무늬를 끝까지 추격해 끝장을 보고 말겠다고!

디자인의 원칙에는 뭐가 있는지 내가 좀 알잖아. 그런 내가 보기에 저 무늬에는 방사, 고대, 반복, 대칭, 뭐 이런 들어 봄 직한 규칙을 하나도 포함하고 있지 않아.

물론, 일정한 폭마다 반복되기는 하지. 하지만 그것뿐이야.

어떻게 보면 벽지는 한 폭씩 따로 서 있는 것 같아. 부풀어 오른 곡선과 만취로 이지러진 일종의 타락한 로마네스크처럼 과장된 동작으로 그 어리석게 고립된 폭 안에서 뒤뚱뒤뚱 오르내리고 있는 거야.

하지만 어떻게 보면 대각선으로 연결된 것 같기도 해. 시각적 공포를 자아내는 거대하게 기울어진 파도를 그리며, 마치 쾌락의 끝에서 젖어 뒹구는 미역 줄기가 전속력으로 추격해 오는 것처럼 도망치며 제멋대로 뻗어 나가.

전체적으로 보면 수평으로도 이어지는 것 같아. 적어도 그렇게 보여. 그 움직임의 질서를 구별해 내려고 애를 쓰다

seems so, and I exhaust myself in trying to distinguish the order of its going in that direction.

They have used a horizontal breadth for a frieze, and that adds wonderfully to the confusion.

There is one end of the room where it is almost intact, and there, when the cross-lights fade and the low sun shines directly upon it, I can almost fancy radiation after all,—the interminable grotesques seem to form around a common centre and rush off in headlong plunges of equal distraction.

It makes me tired to follow it. I will take a nap, I guess.

가 결국 모든 기운을 다 쓰고 기진맥진해져 버렸어.

그 일정한 폭을 이용해서 전체를 가로지르는 띠 장식을 둘렀는데, 이게 또 엄청 혼란스럽게 만드는 거야.

방 한쪽 끝에는 사람 손길이 닿지 않아 완전히 멀쩡한 부분이 있어. 태양이 스러지고 석양이 쏟아지면 그제야 무늬의 방사적인 패턴이 보이는 것 같아. 점 하나를 중심에 두고 기괴한 무늬가 끝없이 형성되고, 동시에 딱 그만큼이 곤두박질치듯 거꾸러지면서 황급히 도망을 치는 거야.

무늬를 쫓다 보니 너무 피곤하네. 아무래도 낮잠을 좀 자야겠어.

Diary #4

I don't know why I should write this.

I don't want to.

I don't feel able.

And I know John would think it absurd. But I must say what I feel and think in some way—it is such a relief!

But the effort is getting to be greater than the relief.

Half the time now I am awfully lazy, and lie down ever so much.

John says I musn't lose my strength, and has me take cod-liver oil and lots of tonics and things, to say nothing of ale and wine and rare meat.

Dear John! He loves me very dearly, and hates to have me sick. I tried to have a real earnest reasonable

네 번째 일기

왜 써야 하는지 도무지 모르겠어.

하고 싶지 않아.

할 수 있을 것 같지도 않고.

존은 말도 안 된다고 생각하는 거 알아. 하지만 나는 내가 무엇을 느끼고 생각하는지 꼭 말해야만 해. 그래야 해소가 되니까!

하지만 해소되는 크기보다 들여야 하는 노력의 크기가 더 커지고 있어.

요즘 나는 지독하게 게을러. 하루 종일 누워만 있어.

존은 기운 떨어지면 안 된다며 대구 간 기름 같은 온갖 보약을 가져다줘. 맥주, 와인, 그리고 생고기는 말할 것도 없지.

존은 다정한 사람이야! 나를 정말 많이 사랑해 줘. 내가 아픈 걸 끔찍하게 싫어해. 며칠 전 나는 존에게 진심을 담

talk with him the other day, and tell him how I wish he would let me go and make a visit to Cousin Henry and Julia.

But he said I wasn't able to go, nor able to stand it after I got there; and I did not make out a very good case for myself, for I was crying before I had finished.

It is getting to be a great effort for me to think straight. Just this nervous weakness, I suppose.

And dear John gathered me up in his arms, and just carried me upstairs and laid me on the bed, and sat by me and read to me till it tired my head. He said I was his darling and his comfort and all he had, and that I must take care of myself for his sake, and keep well.

He says no one but myself can help me out of it, that I must use my will and self-control and not let any silly fancies run away with me.

There's one comfort, the baby is well and happy, and does not have to occupy this nursery with the horrid

아 합리적으로 이야기를 나누려고 노력했어. 내 사촌인 헨리와 줄리아를 만나러 가도록 허락해 주었으면 좋겠다고 부탁했지.

그이는 내가 갈 수 없을 거라고 했어. 막상 가더라도 힘이 없어서 아무것도 못 할 거라고 말이야. 그 말에 잘 대응을 해서 갈 수 있다는 걸 보여 줬어야 했는데. 말을 마치기도 전에 눈물이 터져 버렸지 뭐야.

이제는 제대로 생각을 하는 것조차 힘들어지고 있어. 뭐, 분명 나의 나약함과 불안 증세 때문이겠지.

다정한 그이는 나를 품에 안고 올라가 위층 침대에 눕히고는 곁에 앉아서 노곤해질 때까지 책을 읽어 주었어. 나는 그의 사랑이고 위안이고 그가 가진 전부라면서, 그를 위해서라도 나 스스로를 돌보고 건강해져야 한다고 말했어.

오직 나만이 스스로를 치료할 수 있대. 의지와 자제력을 발휘하여 바보 같은 상상 따위에 휩쓸리지 않도록 해야 한다고 했어.

한 가지 위안이 있다면, 건강하고 행복한 내 아기가 이 끔찍한 벽지가 있는 육아실에서 지내지 않아도 된다는 점

wallpaper. If we had not used it that blessed child would have! What a fortunate escape! Why, I wouldn't have a child of mine, an impressionable little thing, live in such a room for worlds.

I never thought of it before, but it is lucky that John kept me here after all. I can stand it so much easier than a baby, you see.

Of course I never mention it to them any more,—I am too wise,—but I keep watch of it all the same.

There are things in that paper that nobody knows but me, or ever will.

Behind that outside pattern the dim shapes get clearer every day.

It is always the same shape, only very numerous.

And it is like a woman stooping down and creeping about behind that pattern. I don't like it a bit. I wonder—I begin to think—I wish John would take me away from here!

이야. 우리가 사용하지 않았다면 사랑스러운 그 아기가 사용해야 했겠지! 그 얼마나 다행인지! 작고 연약한 나의 아이. 세상을 다 준다고 해도 나는 절대로 나의 아이에게 이런 방을 주지 않겠어.

지금 생각이 난 건데, 존이 나를 여기에 둔 것은 행운이라고도 할 수 있겠어. 아기보다는 내가 이곳을 훨씬 더 잘 견뎌 낼 수 있으니까. 그렇지?

물론 더 이상 이런 말을 그들에게 하지 않아. 그 정도 머리는 있으니까. 하지만 언제나 한결같이 주시하고 있어.

저 벽지 안에는 무언가가 있어. 아무도 모르고 오직 나만이 알아본 무언가.

겉무늬 뒤에 희미하게 보였던 그림자가 나날이 뚜렷해져.

늘 같은 모습이지만 그 숫자가 점점 늘어나.

그건 마치, 허리를 굽히고 무늬 뒤를 기어 다니는 여인 같아 보여. 정말 보기 싫어. 요즘 드는 생각은, 가능하다면, 바라건대, 존이 제발 나를 여기서 데리고 나갔으면 좋겠어.

Diary #5

It is so hard to talk with John about my case, because he is so wise, and because he loves me so.

But I tried it last night. It was moonlight. The moon shines in all around, just as the sun does.

I hate to see it sometimes, it creeps so slowly, and always comes in by one window or another.

John was asleep and I hated to waken him, so I kept still and watched the moonlight on that undulating wallpaper till I felt creepy.

The faint figure behind seemed to shake the pattern, just as if she wanted to get out.

I got up softly and went to feel and see if the paper did move, and when I came back John was awake.

"What is it, little girl?" he said. "Don't go walking

다섯 번째 일기

내 상태에 관해서 존과 이야기를 나누기가 참 쉽지 않아. 그는 지혜롭고, 또 나를 많이 사랑하거든.

그래도 지난 밤 시도를 해 봤어. 달밤이었지. 달빛이 온 세상을 비췄어. 마치 태양처럼 말이야.

가끔은 정말 보기 싫어. 창문 이쪽저쪽을 통해 소름 끼치게 기어들어 오거든.

곤히 잠든 그이를 깨우고 싶지가 않아서, 가만히 앉아서 달빛이 파도치는 벽지 위에 내려앉는 모습을 소름이 돋을 때까지 숨죽이고 지켜보았어.

뒤편의 희미한 형상이 무늬를 흔드는 것 같았어. 마치 빠져나오고 싶은 것처럼 말이야.

벽지가 정말로 움직였는지 직접 보고 느끼기 위해 살며시 일어났어. 내가 침대로 돌아왔을 때쯤 존이 깨어났어.

"꼬마 아가씨, 무슨 일이야? 그렇게 왔다 갔다 하지 마.

about like that—you'll get cold."

I thought it was a good time to talk, so I told him that I really was not gaining here, and that I wished he would take me away.

"Why darling!" said he, "our lease will be up in three weeks, and I can't see how to leave before.

"The repairs are not done at home, and I cannot possibly leave town just now. Of course if you were in any danger I could and would, but you really are better, dear, whether you can see it or not. I am a doctor, dear, and I know. You are gaining flesh and color, your appetite is better. I feel really much easier about you."

"I don't weigh a bit more," said I, "nor as much; and my appetite may be better in the evening, when you are here, but it is worse in the morning when you are away."

"Bless her little heart!" said he with a big hug; "she shall be as sick as she pleases! But now let's improve

감기라도 걸리면 어쩌려고 그래."

나는 대화하기 딱 좋은 기회라고 생각했고, 이곳에 더 있어 봐야 좋아지지 않을 것 같다고, 제발 나를 데리고 멀리 떠나 달라고 말했어.

"여보, 왜 그래. 계약 기간이 이제 3주면 끝이 나. 그런데 우리가 그 전에 꼭 떠나야 하는 걸까?" 그이가 말했어.

"우리 집도 아직 수리 중이고, 나도 당장은 마을을 떠날 수가 없어. 물론, 당신이 위험한 상황이라면 언제든 떠날 수 있고 그렇게 할 거지만, 당신은 정말 좋아지고 있다니까? 당신은 느끼지 못할지도 모르겠어. 하지만 내가 의사 잖아. 그러니까 내가 더 잘 알지. 살도 찌고 안색도 좋아졌어. 식욕도 좋아지고. 나는 요즘 정말 한시름 놓았어."

"살이 붙지 않았어. 오히려 빠지고 있어. 식욕도 저녁에는 당신이 있으니까 조금 나을지 몰라도 당신이 없을 때는 더 나빠. 하루 종일은 아무것도 먹고 싶은 생각이 안 들어."

그이는 나를 와락 껴안았어. "그 연약한 작은 마음에 축복이 깃들길! 그래! 이 여인이 바라는 만큼 마음껏 아플지

the shining hours by going to sleep, and talk about it in the morning!"

"And you won't go away?" I asked gloomily.

"Why, how can I, dear? It is only three weeks more and then we will take a nice little trip of a few days while Jennie is getting the house ready. Really, dear, you are better!"

"Better in body perhaps"—I began, and stopped short, for he sat up straight and looked at me with such a stern, reproachful look that I could not say another word.

"My darling," said he, "I beg of you, for my sake and for our child's sake, as well as for your own, that you will never for one instant let that idea enter your mind! There is nothing so dangerous, so fascinating, to a temperament like yours. It is a false and foolish fancy. Can you not trust me as a physician when I tell you so?"

로다! 하지만 아침에 더 개운하게 일어나려면 지금은 자야지? 이따가 아침에 이야기하자!"

"그래서, 떠나지 않겠다고?"

"어쩔 수가 없잖아. 여보, 우리 딱 3주만 참자. 3주 뒤에는, 제니가 우리 집을 청소하는 동안 짧게 여행을 다녀오자. 그리고 여보. 당신은 여기서 정말로 좋아지고 있어. 정말이야!"

"몸은 좋아졌는지 몰라도…." 나는 말을 꺼내려다가 똑바로 앉아서 나를 비난하는 표정으로 매섭게 바라보는 그의 얼굴을 보고 입을 닫아 버렸어. 굳어서 한마디도 할 수가 없더라.

"여보, 제발 부탁할게. 제발 단 한순간이라도 그런 생각을 허락하지 마! 나를 위해서, 우리 아이를 위해서, 그리고 당신 자신을 위해서도. 당신 같은 기질을 가지고 있는 사람들한테는 그것만큼 위험하고 자극적인 게 또 없다고 말했잖아. 그건 거짓되고 바보 같은 상상일 뿐이야. 직업이 의사인 내가 이렇게 말을 하는데! 혹시, 내가 못 미더운 거야?"

So of course I said no more on that score, and we went to sleep before long. He thought I was asleep first, but I wasn't,—I lay there for hours trying to decide whether that front pattern and the back pattern really did move together or separately.

거기에 나는 당연히 아니라고 답했고 우리는 다시 잠이
들었어. 그는 내가 먼저 잠들었다고 생각했겠지만 그건 사
실이 아니야. 나는 그 이후로도 한참 동안 누워서 앞무늬
와 뒷무늬가 정말로 움직였는지, 같이 움직인 건지 아니면
따로 움직였는지 고민했거든.

Diary #6

On a pattern like this, by daylight, there is a lack of sequence, a defiance of law, that is a constant irritant to a normal mind.

The color is hideous enough, and unreliable enough, and infuriating enough, but the pattern is torturing.

You think you have mastered it, but just as you get well under way in following, it turns a back somersault and there you are. It slaps you in the face, knocks you down, and tramples upon you. It is like a bad dream.

The outside pattern is a florid arabesque, reminding one of a fungus. If you can imagine a toadstool in joints, an interminable string of toadstools, budding and sprouting in endless convolutions,—why, that is something like it.

여섯 번째 일기

이런 무늬를 낮에 보면 순서와 규칙이 모두 결핍되어 있어. 일반적인 사람이라면 이게 정말 끝도 없이 신경에 거슬릴 거야.

색깔만으로도 충분히 믿을 수 없을 만큼 흉측해서 짜증이 나는데, 저 무늬는 완전히 고문 수준이야.

오랫동안 보아서 완전히 익숙해졌다고, 이제야 드디어 완전히 알겠다고 자신하며 눈으로 좇는 순간, 전혀 예상치 못한 방법으로 공중제비를 돌며 네 눈앞에 나타나는 거야. 네 따귀를 치고 때려눕힌 뒤 짓밟아 버리지. 마치 끔찍한 악몽과도 같아.

겉무늬는 곰팡이를 연상시키는 꽃 모양 아라베스크야. 줄지어 늘어선 독버섯을 떠올릴 수 있다면, 끝도 없이 줄줄이 연결된 독버섯이 무한하게 얽혀서 싹트며 뻗어 나가는 모습을 상상해 봐. 정말이야. 정말 그렇게 보인다니까?

That is, sometimes!

There is one marked peculiarity about this paper, a thing nobody seems to notice but myself, and that is that it changes as the light changes.

When the sun shoots in through the east window—I always watch for that first long, straight ray—it changes so quickly that I never can quite believe it.

That is why I watch it always.

By moonlight—the moon shines in all night when there is a moon—I wouldn't know it was the same paper.

At night in any kind of light, in twilight, candlelight, lamplight, and worst of all by moonlight, it becomes bars! The outside pattern I mean, and the woman behind it is as plain as can be.

I didn't realize for a long time what the thing that showed behind,—that dim sub-pattern,—but now I am quite sure it is a woman.

가끔은, 그렇게 보인다고!

이 벽지에는 한 가지 이상한 점이 있어. 아직 아무도 발견하지 못했고 오직 나만 아는 거야. 그게 뭐냐면, 바로, 빛에 따라 변화한다는 사실이야.

나는 항상 첫 번째로 내리쬐는 길고 곧은 햇빛을 기다리는데, 태양이 동쪽 창문으로 이 빛을 쏘면 벽지는 정말 믿을 수 없을 정도로 빨리 바뀌어.

그래서 나는 언제나 지켜보지.

달빛 아래에서. 달빛은 하늘에 달이 있을 때 밤새도록 내리쬐는데, 이 벽지가 달빛을 받으면 완전 다른 벽지가 되는 거야.

밤이 오고 빛이 비추면 변해. 그게 황혼이든 촛불이든 등불이든 상관없지만 가장 끔찍한 것은 달빛이야. 어떻게 변하냐면, 쇠창살이 되는 거야! 겉무늬 말이야! 그리고 그 뒤의 여자가 정말 또렷하게 나타나.

오랫동안 뒤에 보이는 희미한 밑무늬가 무엇인지 알아보지 못했어. 이제는 알아. 확신해. 어떤 여자가 있는 거야.

낮 동안 여자는 조용히 가라앉아 있어. 저 무늬가 꼼짝

By daylight she is subdued, quiet. I fancy it is the pattern that keeps her so still. It is so puzzling. It keeps me quiet by the hour.

I lie down ever so much now. John says it is good for me, and to sleep all I can.

Indeed, he started the habit by making me lie down for an hour after each meal.

It is a very bad habit, I am convinced, for, you see, I don't sleep.

And that cultivates deceit, for I don't tell them I'm awake,—oh, no!

The fact is, I am getting a little afraid of John.

He seems very queer sometimes, and even Jennie has an inexplicable look.

It strikes me occasionally, just as a scientific hypothesis, that perhaps it is the paper!

I have watched John when he did not know I was looking, and come into the room suddenly on the most

못 하게 하는 걸까? 어떻게 된 건지 정말 모르겠어. 그 생각에 나도 몇 시간씩 조용히 하게 되더라니까?

이제 나는 거의 하루 종일 누워만 있어. 존은 그게 내 건강에 도움이 될 거라며 가능한 한 많이 자라고 해.

누워 있는 습관을 들인 것도 그이가 매 식사 후 한 시간 동안 나를 누워 있게 만들었기 때문이야.

이건 나쁜 습관이야. 나는 확신해. 왜냐고? 나 잠을 안 자잖아.

게다가 거짓말까지 하게 하지. 깨어 있다고 말할 수 없으니까. 맞아, 절대 말할 수 없어!

사실은, 점점 더 존이 무섭게 느껴져.

가끔은 정말 기묘하게 느껴지고, 심지어 제니마저도 설명할 수 없는 표정을 지을 때가 있어.

가끔, 마치 어떤 과학적 가설처럼 불현듯 드는 생각인데, 어쩌면 이 모든 것은 저 벽지 때문일지도 몰라!

나는 몰래 존을 관찰하고 있어. 별것 아닌 핑계를 대면서 불쑥 방에 들이닥치곤 하거든? 그리고 몇 번이나 포착한 거야. 그가 벽지를 보고 있었던 것을! 제니도 마찬가지

innocent excuses, and I've caught him several times looking at the paper! And Jennie too. I caught Jennie with her hand on it once.

She didn't know I was in the room, and when I asked her in a quiet, a very quiet voice, with the most restrained manner possible, what she was doing with the paper she turned around as if she had been caught stealing, and looked quite angry—asked me why I should frighten her so!

Then she said that the paper stained everything it touched, that she had found yellow smooches on all my clothes and John's, and she wished we would be more careful!

Did not that sound innocent? But I know she was studying that pattern, and I am determined that nobody shall find it out but myself!

야. 한 번은 제니가 벽지 위에 손을 대고 있는 것을 잡아냈어.

나는 방에 있었고 제니는 그걸 몰랐지. 내가 작은, 아주 작은 목소리로 최대한 차분하게 물었어. 벽지에 왜 손을 대고 있었냐고. 제니는 마치 도둑질을 하다가 걸린 사람처럼 홱 돌아서더니 무척 화난 얼굴을 하더라고. 왜 사람을 놀라게 하냐고 소리치면서 말이야.

그러더니 벽지가 모든 것을 누렇게 물들이고 있다면서, 존과 나의 옷도 누런 얼룩이 잔뜩 생겼다고, 우리가 조금만 더 조심해 주었으면 좋겠다고 부탁하더라!

아주 그럴듯 하게 들리지? 하지만 나는 알아. 제니는 분명 무늬를 살피고 있었어. 그래, 결심했어. 나 말고는 그 누구도 알아채지 못하도록 해야겠어!

Diary #7

Life is very much more exciting now than it used to be. You see I have something more to expect, to look forward to, to watch. I really do eat better, and am more quiet than I was.

John is so pleased to see me improve! He laughed a little the other day, and said I seemed to be flourishing in spite of my wallpaper.

I turned it off with a laugh. I had no intention of telling him it was because of the wallpaper—he would make fun of me. He might even want to take me away.

I don't want to leave now until I have found it out. There is a week more, and I think that will be enough.

일곱 번째 일기

인생이 정말 흥미진진해졌어. 이것 봐. 이제는 기대하고 고대하며 관찰할 것이 생긴 거야. 이제는 정말로 예전에 비해서 잘 먹어. 그리고 훨씬 차분해진 것을 느껴.

내 상태를 보고 존이 매우 기뻐했어! 요 전날은 미소 지으며 말을 하더라. 벽지가 그대로인데도 내가 잘 지내는 것 같아 보인다고 말이야.

나도 그냥 웃음으로 일축했어. 벽지 덕분에 좋아진 거라고 이야기해 줄 생각이 전혀 없거든. 말해 봐야 조롱하기만 할걸. 어쩌면 나를 데리고 멀리 떠나려고 할지도 몰라.

지금은 떠날 수 없어. 알아내기 전까지는 말이야. 아직 일주일이나 더 남아 있고, 그 정도면 충분할 것 같아.

Diary #8

I'm feeling ever so much better! I don't sleep much at night, for it is so interesting to watch developments; but I sleep a good deal in the daytime.

In the daytime it is tiresome and perplexing.

There are always new shoots on the fungus, and new shades of yellow all over it. I cannot keep count of them, though I have tried conscientiously.

It is the strangest yellow, that wallpaper! It makes me think of all the yellow things I ever saw—not beautiful ones like buttercups, but old foul, bad yellow things.

But there is something else about that paper—the smell! I noticed it the moment we came into the room, but with so much air and sun it was not bad. Now we have had a week of fog and rain, and whether the

여덟 번째 일기

요즘은 진짜 기분이 훨씬 나아! 밤에 잠을 잘 못 자긴 하지만 말이야. 변화 과정을 지켜보는 게 너무 흥미로워서 잘 수가 없어. 하지만 괜찮아. 낮에 충분히 많이 자니까.

낮에는 피곤하고 이해할 수 없어져서 혼란스럽기만 해.

언제나 새로운 곰팡이가 피어나고 그 위로 새로운 명암의 누런 빛깔이 덮이지. 아무리 성실하게 노력해 보아도 몇 번째인지 숫자를 헤아릴 수가 없어.

정말 이상한 누런색이야. 저 벽지 말이야! 내가 살면서 보았던 모든 누런 것들을 생각나게 해. 노란 미나리아재비 꽃처럼 예쁜 것들은 말고, 오래되어 쾌쾌하고 역겨운 누런 것들 말이야.

이 벽지에는 또 다른 점이 있어. 바로 저 냄새! 이 방에 처음 들어오자마자 느꼈지만, 신선한 공기와 빛이 가득할 때는 그다지 고약하게 느껴지지 않았어. 그런데 일주일째

windows are open or not, the smell is here.

It creeps all over the house.

I find it hovering in the dining-room, skulking in the parlor, hiding in the hall, lying in wait for me on the stairs.

It gets into my hair.

Even when I go to ride, if I turn my head suddenly and surprise it—there is that smell!

Such a peculiar odor, too! I have spent hours in trying to analyze it, to find what it smelled like.

It is not bad—at first, and very gentle, but quite the subtlest, most enduring odor I ever met.

In this damp weather it is awful. I wake up in the night and find it hanging over me.

It used to disturb me at first. I thought seriously of burning the house—to reach the smell.

But now I am used to it. The only thing I can think of that it is like is the color of the paper! A yellow

안개가 끼고 비가 내리니, 창문이 열려 있든 닫혀 있든 상관없이 냄새가 자욱해.

온 집 안 구석구석을 기어 다녀.

주방을 서성이고 응접실을 살금살금 다니다가 복도에 숨어 있기도 하더니 계단에 깔려서 나를 기다리는 거야.

그리고 내 머리카락에 스며들어.

마차를 타러 갈 때에도 내가 갑자기 고개를 홱 돌리면, 거기 그 냄새가 있는 거야!

정말 독특한 악취지! 나는 몇 시간 동안이나 그 냄새가 도대체 어떤 냄새와 비슷한지 분석해 보려고 애를 썼어.

처음에는 은은해서 그리 나쁘지 않아. 하지만 지금까지 맡아 본 냄새 중에 가장 은은하고 또 오래가는 냄새야.

이렇게 습한 날씨는 정말 최악이지. 한밤중에 잠에서 깨면, 그 냄새가 나를 뒤덮고 있는 게 느껴지니까.

처음에는 정말 신경에 거슬렸어. 집에 불을 질러 버리면 냄새가 없어지려나 진지하게 고민하기도 했다니까.

하지만 이제는 익숙해졌어. 이 냄새를 뭐라고 표현해야 할까. 역시 생각나는 것은 그 벽지의 색깔뿐이야. 그래, 이

smell.

There is a very funny mark on this wall, low down, near the mopboard. A streak that runs round the room. It goes behind every piece of furniture, except the bed, a long, straight, even smooch, as if it had been rubbed over and over.

I wonder how it was done and who did it, and what they did it for. Round and round and round—round and round and round—it makes me dizzy!

I really have discovered something at last.

Through watching so much at night, when it changes so, I have finally found out.

The front pattern does move—and no wonder! The woman behind shakes it!

Sometimes I think there are a great many women behind, and sometimes only one, and she crawls around fast, and her crawling shakes it all over.

Then in the very bright spots she keeps still, and in

건 누런 냄새야.

벽 아래쪽 걸레받이 근처에는 아주 이상한 흔적이 하나 있어. 방을 빙 둘러 난 이 흔적은 침대를 제외한 모든 가구 뒤로 이어지는데, 마치 누군가가 문지르고 또 문지른 것처럼 얼룩져 있지.

이 흔적은 도대체 뭘까? 누가 만들었을까? 왜 생긴 걸까? 너무 궁금해! 빙글 빙글 빙글 빙글 그리고 또 빙글 빙글 빙글 빙글. 날 어지럽게 만들어!

나 드디어 발견했어.

밤마다 나타나는 변화를 계속 살펴본 결과, 드디어 발견하게 된 거야.

앞무늬는 정말로 움직여! 당연한 일이지! 뒤에서 그 여자가 흔들어 대니까!

때로는 그 뒤에 있는 게 여러 명의 대단한 여자들 같다가도, 때로는 그냥 한 명인 것 같아. 그 여자가 배를 바닥에 바짝 붙이고 잽싸게 기어 다니는 통에 모든 게 다 흔들리는 거지.

아주 밝은 지점에 오면 가만히 꼼짝 않고 있다가, 아주

the very shady spots she just takes hold of the bars and shakes them hard.

And she is all the time trying to climb through. But nobody could climb through that pattern—it strangles so; I think that is why it has so many heads.

They get through, and then the pattern strangles them off and turns them upside-down, and makes their eyes white!

If those heads were covered or taken off it would not be half so bad.

짙게 그늘이 지면 쇠창살을 그러쥐고 세차게 흔들어 대는 거야.

그리고 언제나 뚫고 나오려고 애쓰지. 하지만 아무도 무늬 사이를 통과할 수가 없어. 무늬가 목을 조르거든. 내 생각엔 저기에 저렇게 많은 머리가 걸려 있는 이유도 바로 그거야.

통과하려고 하면 무늬가 목을 졸라. 그러면 모가지가 비틀려서 저렇게 흰자를 내놓고 거꾸로 뒤집혀 버리는 거지!

얼굴에 뭐라도 덮어 두었거나 아예 머리가 잘려 버렸다면 좀 나았을 텐데.

Diary #9

I think that woman gets out in the daytime!

And I'll tell you why—privately—I've seen her!

I can see her out of every one of my windows!

It is the same woman, I know, for she is always creeping, and most women do not creep by daylight.

I see her on that long shaded lane, creeping up and down. I see her in those dark grape arbors, creeping all around the garden.

I see her on that long road under the trees, creeping along, and when a carriage comes she hides under the blackberry vines.

I don't blame her a bit. It must be very humiliating to be caught creeping by daylight!

I always lock the door when I creep by daylight. I

아홉 번째 일기

낮이 되면 여자가 밖으로 나가는 것 같아.

왜냐고? 비밀인데, 살짝만 말해 주면, 내가 봤거든!

창문마다 그 여자가 보여!

같은 여자가 분명해. 나는 알아. 계속 기어 다니니까. 보통 여자들은 안 그러잖아? 낮에는 저렇게 기어 다니지 않아.

그 여자가 보여. 기어서 그늘진 오솔길을 오르내리는 모습이. 컴컴한 포도넝쿨 정자에도 있고. 온 정원을 기어 다니고 있다니까?

길게 늘어선 나무를 따라 기어 다니다가, 마차가 다가오면 블랙베리 덩굴 아래에 몸을 숨겨.

탓할 일은 아니야. 얼마나 굴욕적이겠어. 대낮에 기어 다니다가 잡힌다면.

나는 항상 문을 잠그거든. 대낮에 기어 다닐 때 말이야.

can't do it at night, for I know John would suspect something at once.

And John is so queer now, that I don't want to irritate him. I wish he would take another room! Besides, I don't want anybody to get that woman out at night but myself.

I often wonder if I could see her out of all the windows at once.

But, turn as fast as I can, I can only see out of one at one time.

And though I always see her she may be able to creep faster than I can turn!

I have watched her sometimes away off in the open country, creeping as fast as a cloud shadow in a high wind.

저녁에는 기어 다닐 수 없어. 존이 수상한 낌새를 눈치채고 말테니까.

존은 요즘 정말 기묘한 느낌이라서 짜증을 돋우고 싶지 않아. 그냥 각방을 쓰면 좋을 텐데! 더군다나 밤중에 내가 아닌 그 누군가가 여자를 밖으로 꺼낼까 봐 걱정돼.

한 번에 모든 창문을 통해서 그 여자를 볼 수 있을까?

아무리 고개를 빨리 돌려도 한 번에 하나의 창문밖에 볼 수가 없어.

게다가, 내가 언제나 여자를 보고 있다지만, 어쩌면 여자는 내가 돌아서는 속도보다 훨씬 더 빨리 길 수 있을지도 몰라.

언젠가 저 멀리 시골 풍경 속에서 그 여자를 본 적이 있는데, 휘몰아치는 폭풍의 구름 그림자 만큼이나 빨리 기고 있었어.

Diary #10

If only that top pattern could be gotten off from the under one! I mean to try it, little by little.

I have found out another funny thing, but I shan't tell it this time! It does not do to trust people too much.

There are only two more days to get this paper off, and I believe John is beginning to notice. I don't like the look in his eyes.

And I heard him ask Jennie a lot of professional questions about me. She had a very good report to give.

She said I slept a good deal in the daytime.

John knows I don't sleep very well at night, for all I'm so quiet!

He asked me all sorts of questions, too, and pretended to be very loving and kind.

열 번째 일기

윗무늬를 그 아래 무늬에서 벗겨 낼 수만 있다면! 조금씩, 조금씩, 노력해 봐야겠어.

이 벽지에는 한 가지 우스운 점이 있어. 이번에는 말해 주지 말아야지. 사람을 너무 믿어 버리면 안 되니까.

벽지를 떼어 낼 수 있는 시간이 고작 이틀 남았어. 존은 이미 낌새를 눈치채기 시작한 것 같아. 눈빛이 마음에 안 들어.

나에 대한 의학적 질문들을 제니한테 하더라. 거기에 제니는 아주 훌륭하게 보고를 했지.

내가 낮잠을 아주 많이 잔다고 말이야.

내가 밤잠을 친다는 사실을 존이 알고 있었어. 너무 쥐 죽은 듯이 있었나 봐!

내게도 온갖 질문을 던지며 나를 사랑하는 아주 자상한 남편인 척하던데.

As if I couldn't see through him!

Still, I don't wonder he acts so, sleeping under this paper for three months.

It only interests me, but I feel sure John and Jennie are secretly affected by it.

하지만 그 속에 뭐가 들었는지 나는 다 알지!

뭐, 저런 짓을 하는 것도 이해가 가. 그 벽지 아래에서 세 달이나 갔으니까.

내게는 단순한 흥밋거리였으니 상관없지만, 제니나 존은 분명 알게 모르게 영향을 받았을 거야.

Diary #11

Hurrah! This is the last day, but it is enough. John is to stay in town over night, and won't be out until this evening.

Jennie wanted to sleep with me—the sly thing! but I told her I should undoubtedly rest better for a night all alone.

That was clever, for really I wasn't alone a bit! As soon as it was moonlight, and that poor thing began to crawl and shake the pattern, I got up and ran to help her.

I pulled and she shook, I shook and she pulled, and before morning we had peeled off yards of that paper.

A strip about as high as my head and half around the room.

열한 번째 일기

드디어! 이제 마지막 날이야. 시간은 충분해. 오늘 밤 존은 마을에서 자고 올 거고, 내일 저녁이나 되어야 돌아올 거야.

갑자기 제니가 같이 자자고 하더라. 교묘한 것! 하지만 확실하게 휴식하려면 나 혼자 자는 게 좋겠다고 내가 거절했지.

기발한 대답이었지? 나는 사실 전혀 혼자가 아니잖아! 저 불쌍한 것. 달빛이 들이치자마자 배를 바닥에 바짝 붙이고 기어 다니며 무늬를 흔들기 시작했어. 나도 벌떡 일어나 달려가서 도와주었지.

내가 당기면 걔가 흔들었고, 내가 흔들면 걔가 당겼어. 아침이 오기 전에. 벽지를 수백 센티미터나 뜯어냈지.

내 키만큼, 그리고 이 방을 반 바퀴 두를 정도나 된단 말이야.

And then when the sun came and that awful pattern began to laugh at me I declared I would finish it to-day!

We go away to-morrow, and they are moving all my furniture down again to leave things as they were before.

Jennie looked at the wall in amazement, but I told her merrily that I did it out of pure spite at the vicious thing.

She laughed and said she wouldn't mind doing it herself, but I must not get tired.

How she betrayed herself that time!

But I am here, and no person touches this paper but me—not alive!

She tried to get me out of the room—it was too patent! But I said it was so quiet and empty and clean now that I believed I would lie down again and sleep all I could; and not to wake me even for dinner—I would call when I woke.

해가 차오르자 저 끔찍한 벽지가 나를 비웃기 시작해. 단언컨대, 오늘 끝장을 보고야 말겠어!

우린 내일 떠나. 그래서 사용인들이 내 가구를 아래층 원래 있던 자리로 옮기고 있어.

제니는 깜짝 놀라 벽지가 뜯겨진 벽을 바라보았지. 나는 악랄한 벽지에 대한 순순한 원한으로 모두 떼어 버렸다고 기쁘게 말해 주었어.

제니도 웃었어. 자기가 해도 되는 일이었다고 말하면서. 그리고는 나는 쉽게 지치니까 힘든 일은 하지 말라고 당부하더라.

드디어 본색을 드러낸 거야!

하지만 내가 여기에 있는 한, 내가 아닌 그 누구도 벽지를 만질 수 없어. 살아서는. 그 누구도!

제니는 나를 방에서 쫓아내려고 했어. 너무 속 보이는 짓이지! 그래서 내가 말했어. 여긴 이제 아주 조용하고 텅 비어 깨끗하니까, 여기에 다시 누워서 실컷 잘 수 있겠다고. 내가 잠에서 깨면 부를 테니 저녁이 되어도 깨우러 오지 말라고.

So now she is gone, and the servants are gone, and the things are gone, and there is nothing left but that great bedstead nailed down, with the canvas mattress we found on it.

We shall sleep downstairs to-night, and take the boat home to-morrow.

I quite enjoy the room, now it is bare again.

How those children did tear about here!

This bedstead is fairly gnawed!

But I must get to work.

I have locked the door and thrown the key down into the front path.

I don't want to go out, and I don't want to have anybody come in, till John comes.

I want to astonish him.

I've got a rope up here that even Jennie did not find. If that woman does get out, and tries to get away, I can tie her!

제니는 갔고, 하인들도 갔고, 물건도 다 사라졌고, 아무것도 남지 않았고. 남은 것이라고는 못으로 바닥에 고정시킨 이 거대한 침대 프레임과, 그 위에 얹어져 있던 캔버스 매트리스뿐이야.

오늘 밤은 아래층에서 자야 해. 내일은 집으로 돌아가는 배를 타야 하고.

이 방이 다시 텅 비어서 좋아.

그 애들이 얼마나 날뛰었었는지!

이 침대 프레임도 물어뜯어 놨네!

이제 다시 일을 시작해야지.

방문을 단단히 걸어잠그고, 현관 아래로 열쇠를 던져 버렸어.

나가지도 않을 거고, 아무도 들이지 않을 거야. 존이 돌아올 때까지는.

깜짝 놀라게 해 줘야지.

내가 밧줄을 가지고 올라온 것을 제니도 알아채지 못했어. 저 여자가 밖으로 나와서 도망치려고 하면, 이걸로 묶어 버릴 수 있어!

But I forgot I could not reach far without anything to stand on!

This bed will not move!

I tried to lift and push it until I was lame, and then I got so angry I bit off a little piece at one corner—but it hurt my teeth.

Then I peeled off all the paper I could reach standing on the floor. It sticks horribly and the pattern just enjoys it! All those strangled heads and bulbous eyes and waddling fungus growths just shriek with derision!

I am getting angry enough to do something desperate. To jump out of the window would be admirable exercise, but the bars are too strong even to try.

Besides I wouldn't do it. Of course not. I know well enough that a step like that is improper and might be misconstrued.

I don't like to look out of the windows even—there are so many of those creeping women, and they creep

하지만, 딛고 올라설 것이 없네. 손이 멀리까지 닿지를 않잖아?

침대는 꿈쩍도 하지 않을 텐데!

밀고 들고 아무리 애를 써 봐도 침대는 꿈쩍도 않고 내 발만 찧었어. 너무 화가 나! 열이 받아서 모서리 한쪽을 물어뜯었는데, 내 이만 아팠어.

그리고 바닥에 서서 손에 닿는 모든 벽지를 다 뜯어 버렸어. 벽지는 지독하게도 끈적끈적하게 붙어 있었지. 무늬는 그 모습을 그저 즐겁게 바라보더라! 수많은 목맨 머리와 둥글넓적한 징그러운 눈동자, 그리고 뒤뚱대며 자라나는 곰팡이가 소리치며 나를 조롱해.

너무 화가 나서 충동적으로 무언가를 저지르고 싶어. 창문 밖으로 뛰어내리는 것은 아주 감탄할 만한 운동이 될 텐데, 쇠창살이 너무 두꺼워서 시도조차 하지 못하겠어.

사실, 그럴 생각도 없어. 당연하지. 그런 행동은 적절하지 못하고 자칫하면 오해를 살 수도 있다는 것을 나는 이미 잘 알고 있으니까.

창밖에 보이는 풍경이 마음에 들지 않아. 기어 다니는 여

so fast.

I wonder if they all come out of that wallpaper as I did?

But I am securely fastened now by my well-hidden rope—you don't get me out in the road there!

I suppose I shall have to get back behind the pattern when it comes night, and that is hard!

It is so pleasant to be out in this great room and creep around as I please!

I don't want to go outside. I won't, even if Jennie asks me to.

For outside you have to creep on the ground, and everything is green instead of yellow.

But here I can creep smoothly on the floor, and my shoulder just fits in that long smooch around the wall, so I cannot lose my way.

Why, there's John at the door!

It is no use, young man, you can't open it!

자들이 너무 많아서. 그리고 너무 빨리 기어 다니잖아.

나는 호기심이 생겨. 혹시, 다들 벽지에서 빠져나온 걸까? 나처럼?

잘 숨겨 두었던 그 밧줄로 나는 안전하게 고정되었어. 이제 너는 나를 저 밖으로 끌어낼 수 없을 거야!

밤이 되면 저 무늬 뒤로 다시 돌아가야 할 것만 같아. 하지만 그렇게 되지 않을걸!

이렇게 넓은 방으로 나와 마음껏 기어 다닐 수 있다는 사실에 너무 기뻐!

밖으로 나가고 싶지 않아. 나가지 않겠어. 제니가 부탁해도 소용없지.

밖에서는 땅을 기어야 하니까. 거긴 모든 것이 녹색이라 싫어. 누런색이 아니라.

방바닥은 부드러워. 기어 다니기 딱 좋아. 게다가 벽에 둘러 난 얼룩이 내 어깨와 꼭 맞아. 그것만 따라가면 길을 잃을 일도 없지.

이런. 존이 문 앞에 왔네!

소용없어, 총각. 열 수 없다니까?

How he does call and pound!

Now he's crying for an axe.

It would be a shame to break down that beautiful door!

"John dear!" said I in the gentlest voice, "the key is down by the front steps, under a plantain leaf!"

That silenced him for a few moments.

Then he said—very quietly indeed, "Open the door, my darling!"

"I can't," said I. "The key is down by the front door under a plantain leaf!"

And then I said it again, several times, very gently and slowly, and said it so often that he had to go and see, and he got it, of course, and came in. He stopped short by the door.

"What is the matter?" he cried. "For God's sake, what are you doing!"

I kept on creeping just the same, but I looked at him

어찌나 문을 두드리며 이름을 불러 대는지!

이제는 도끼를 달라고 소리치고 있어.

이렇게 아름다운 문을 부수게 할 수는 없지!

"존, 당신이에요?" 나는 최대한 부드러운 목소리로 답했어. "열쇠는 현관에 있어요. 바나나 잎 아래를 보세요."

덕분에 한동안은 침묵하더라.

그러고는 나처럼 아주 차분한 목소리를 내며 말했어. "여보, 문 좀 열어 봐!"

"문이 안 열리네요. 열쇠가 현관 앞 바나나 잎사귀 아래에 있어요!"

그 말을 몇 번이나 반복했는지 몰라. 천천히, 차분하게. 얼마나 반복했는지 결국 존은 아래로 내려가 열쇠를 찾았어. 그리고 당연히, 문을 열고 들어왔지. 그리고 갑자기, 문가에 멈춰 선 거야.

"뭐 하는 거야…?" 그가 울부짖었어. "오, 주여. 당신 왜 그러고 있어?"

나는 평범하게 계속 기어 다니다가, 어깨 너머로 그를 돌아보았지.

over my shoulder.

"I've got out at last," said I, "in spite of you and Jane! And I've pulled off most of the paper, so you can't put me back!"

Now why should that man have fainted? But he did, and right across my path by the wall, so that I had to creep over him every time!

"드디어 탈출했어. 당신과 제니는 막으려고 했지! 내가 벽지를 거의 다 뜯어냈으니, 다시 나를 가둘 수 없을 것이야!"

아니, 갑자기 기절을 해야만 했을까? 어쨌든 그는 쓰러졌어. 하필이면 벽을 따라가는 그 길목에 쓰러질 게 뭐람? 덕분에 지날 때마다 그 몸을 기어서 넘어야 했잖아!

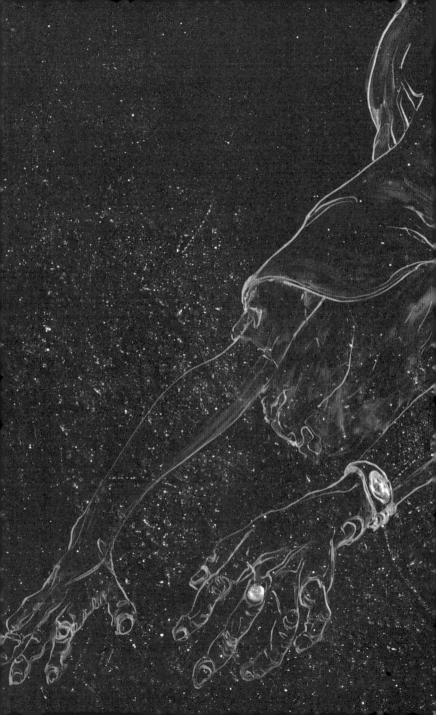

Bluefairy 정지은 <가시밭길> 2014 mixed media on glass 61x50cm

Charlotte Perkins Gilman
샬롯 퍼킨스 길먼
(1860–1935)

샬롯 퍼킨스 길먼

Charlotte Perkins Gilman

소설가, 글작가, 철학가, 교육자, 페미니스트, 휴머니스트. 수식어 중 휴머니스트로 자신을 가장 자주 소개했다. 아주 어릴적 샬롯의 아버지는 엄마와 14개월 먼저 태어난 오빠, 그리고 샬롯 자신을 버리고 집을 나갔다. 때문에 셋은 친척 집을 전전하며 가난 속에서 자랐다.

남편에게 버림을 받은 어머니는 큰 상처를 받았다. 아이들이 같은 아픔을 느끼지 않도록, 다른 이들과 깊은 우정을 나누지 못하게 하였다. 자식들에게 사랑을 쏟는 것조차 주저했으며, 유일하게 사랑을 표현할 때는 아이들이 깊게 잠들었다고 생각될 때뿐이었다고, 샬롯은 자서전에서 회상했다. 그 때문에 샬롯은 자주 이사를 해야 했다. 학교에서 교육을 받은 것은 약 5년 정도로 합해지지만, 6번의 전학 끝에 결국 15살에 학업을 포기했다.

찰스 스테트슨에게 청혼을 받았으나 본능적인 거부감이 든다는 이유로 한차례 거절했다. 하지만 결국 1884년 그와 결혼을 했고 1년도 지나지 않아 딸 캐서린을 낳았다. 동행 가능할 정도였던 가벼운 우울 증상은 출산 이후 심해졌다. 이는 1887년 자신의 일기에 '정신병이 있는 것 같다'라고 쓸 정도로 생활을 방해했다.

여성은 본래 '히스테릭'하고 '불안에 떠는' 존재라고 여겨지던 시대에 살았다. 산후 정신병 혹은 산후 우울증은 모든 여성 안에 내제되어 있는 본질이 표출되는 것뿐이며, 그들이 호소하는 고통은 나약함에 징징대는 것뿐이라 치부되었다.

자신의 이상을 참을 수 없어진 샬롯은 저명한 정신과 의사인 미첼 박사를 찾았다. 그러나 신체적으로는 아무런 이상이 없다는 진단을 받았다. 나약함을 이겨 내고 순종적인 아내의 역할로 돌아오도록 무조건 휴식하며 모든 지적 활동을 금지하라는 처방을 받았다. 계속해서 건강이 악화되자 샬롯과 그의 남편은 이혼이 필요하다는 결론을 내린다.

1888년 여름, 샬롯은 별거를 선택하고 딸과 단둘이 친구 집으로 향했다. 이혼과 별거가 금지된 시대에는 충격적인 선택이었다. 하지만 떨어져 사는 동안 우울증 증세가 호전되는 것을 확인한 샬롯은 1894년 법적으로 이혼을 한다.

가장 유명한 소설은 『누런 벽지』이다. 또 다른 베스트셀러 『Women and Economics』가 있다. 이 책은 진정한 성 평등을 위해서는 여성들이 경제적으로 독립을 해야 한다고 강조하고 있다. 한평생 여성과 사회적 약자를 위한 운동을 쉬지 않았다. 1994년 여성 명예의 전당(National Women's Hall of Fame)에 이름을 올리며 유명해졌다.

휴머니즘

Humanism

휴머니즘(humanism)은 라틴어 후마니스타(humánïtas) 에서 유래된 말로 인간성 혹은 인간다움을 뜻한다. 인도주 의, 인문주의, 또는 인본주의라고도 부른다.

15세기 유럽은 모든 체계가 신과 내세를 중심으로 이루어 져 있었고, 이는 여러 부정부패와 부조리를 야기했다. 이때, 그 중심을 다시 인간 중심으로 돌리기 위해 시작된 것이 바 로 휴머니즘이다. 이러한 변화에 동참한 이들은 사상, 예술, 사회, 종교 등 여러 분야에서 빠르게 늘어갔고, 이들을 휴머 니스트, 그러니까 인도주의자, 인문주의자, 인본주의자 등으 로 부르기 시작했다.

훗날 휴머니즘은 인간의 존재와 능력 그리고 현재를 중요 시하는 사상으로 발전하였으며, 모든 인간은 동등하게 존엄 하다 믿음으로까지 이어진다. 동시에 모든 인간은 종교와 신앙을 넘어서는 공통적인 도덕적 가치를 가지고 있음을 인식하고 그에 따라 윤리적인 삶을 살아갈 책임과 능력이 있다고 믿게 되었다.

더 나아가 모든 개인의 자유를 보장하고 평등한 기회를 부여하는 것이 전 지구적 책임이라고 생각하게 되며, 이를 실현하기 위하여 실천하는 사람들을 박애주의자, 평화주의자, 애타주의자, 자선 운동가 등으로 부르기도 하였다.

휴머니즘 이란 단어는 시대에 따라 그 의미를 달리 해 왔다. 그러므로 한 가지로 정의하기 쉽지 않지만, 인간이 우리 자신과 모든 인간을 위해 가지는 어떠한 태도라는 사실은 변치 않는다.

휴식치료법

The Rest Cure

피로, 불안감, 두통, 심장 박동 증가, 혈압 증가, 신경통, 우울감. 이 모든 증상을 공통적으로 호소하는 여성들이 많아지며 1829년 신경 쇠약증(neurasthenia)이라는 단어가 처음 소개되었다. 새로운 질병에는 새로운 치료법이 적용되어야 마땅했으므로, 저명한 정신과 의사 실라스 웨어 밋첼(Silas Weir Mitchell)박사는 휴식 치료법(The Rest Cure)을 고안하여 발표했다.

이 치료법은 환자의 완벽한 휴식을 목표로 하는데, 6~8주 동안 침대를 벗어나지 못하도록 하며, 만나는 인원을 간호사 한 명으로 한정하여 모든 외부 자극을 삼가게 했고, 지적 활동이나 창의적 활동은 절대 금지했다. 영양 공급을 위해 우유와 고기 등 고단백 식단으로 살을 찌웠는데, 15킬로그램 체중 증가를 성공적 치료의 지표로 삼기도 했다고 한다.

대부분의 경우 마사지 요법이나 전기 충격 요법을 병행했다. 강장제(tonic)라고 부르는 신경 안정제를 주사하기도 했는데, 의사별로 그 조합은 상이했지만, 상당수의 조합이 환자를 나른하고 무기력하게 만드는 마약 성분을 함유하고 있던 것으로 나타났다. 이러한 특성 때문에 이 치료법은 경제적 어려움이 없는 중상층 여성들에게만 적용될 수 있었다.

이 치료법은 남성보다는 여성들에게 더 많이 처방되었는데, 남성보다는 여성이 무자극과 무활동에 더욱 적합한 성이라는 이유에서였다. 또한 신경쇠약증과는 전혀 무관한 여성이라도, 과하게 활동적이고 사회적인 여성들을 '교정'하는 방법으로 사용되기도 했다. 미첼 박사는 "엄마는 더욱 가정적으로, 아내는 더욱 도움되는 안사람으로" 만들 수 있다고 장담했다고 전해진다.

"In this life you've got to hope for the best,

prepare for the worst

and take whatever God sends."

– Lucy Maud Montgomery

"이번 생에는 최선을 희망하고
최악에 대비하면서
하늘이 내린 것을 받아들이자."
– 루시 모드 몽고메리